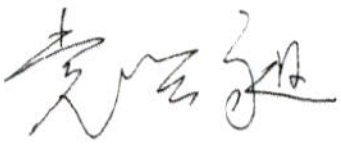

辽宁省法库县人 >

1953年生 >

中国作家协会会员 >

中共铁岭市委副秘书长 >

铁岭市委政策研究室主任 >

铁岭市作家协会主席 >

出版诗集《党兴昶抒情诗选》 >

散文集《如是我心》 >

儿童散文集《党兴昶儿童散文集》 >

民俗理论集《常突额勒克的神话》等10余部 >

儿童文学作品获中国图书奖 >

中宣部“五个一工程”奖 >

辽宁省儿童文学奖等

北方的家

党兴昶儿童散文 3

DANGXINGCHANGERTONGSANWEN

钓 蚂 蚁

党兴昶 著

辽宁人民出版社

来吧 到北方的家里来呀

然后我们一起出发

序

金波

多读散文。在儿童文学的各种样式中，散文有诗歌的抒情和意蕴，有小说的写人和叙事，有议论文的思辨和智慧。我在阅读了《北方的家——党兴昶儿童散文》以后，更有了多读散文的想法。

这套散文系列共分四卷，即《雁儿落，雁儿飞》《小猪拱门》《钓蚂蚁》《小鸟和树林》，表现的都是东北农村儿童的生活，有的像一幅幅民俗画，有的像一首首抒情诗，有的像一支支小谣曲。

从这些散文中，我嗅到了东北土地上的花香，看到了姹紫嫣红的色彩，听到了虫嘶鸟啭的天籁之音。

我看到了东北肥沃的土地，不但给了我们口腹之养，还给了我们可贵的童年记忆和“北方的家”的种种体验。

浸透其间的是人情之美、教化之美，是那种平和顺遂的情境，自古尊崇的风习。

《奶奶的婆婆丁》（见《雁儿落，雁儿飞》）表述了一段亲情故事，有快乐、有哀伤、有愧疚，都是记忆里的珍藏。我们读着，渐入佳境，那就是全身心地回归童年，返璞归真，不再凡庸。

《小白菜》（见《小猪拱门》）唱的不再是旧日孤儿的哀歌，传达给我们的是一篇人伦的佳话。从这卷散文集里，我读到了童年快乐的游戏，读出了童话的奇趣，那些俚语故事，就像随风吹来的歌谣，它们趁韵吟唱，自然成文。

《小纸船》（见《钓蚂蚁》）写了孩子的丢失与获得，失望与期望，是一篇成长的童话。收入这一卷的散文，像不经意间的书写，是一幅幅淡淡的画。

《母鸡下蛋》（见《小鸟和树林》）写的是“一种稀有的毅力和母爱”。这里的不少故事，都是作者储之胸底的记忆，表现了作者玩索不倦的思考。

这些散文都不是鸿篇巨制，但山川的一草一木，人物的一颦一笑，都流溢着多变的色泽和纯真的情愫。作者从小饱餐了家乡四季的秀色，与一起长大的伙伴十分厮熟，那山上的小红花，那童年的想象，甚至那些戏谑顽皮，作者都能用一颗童心、一颗爱心将这一切绾拢在一起，就像用金丝银线织就的一幅画，让人回味，惹人梦思。

我读这些散文，常常掩卷遐想，羡慕作者有这么好的记忆，让他那些童年的故事经久不忘。我进而又想，与其说作者有好的记忆，不如说他有一种回归童年的天赋。有这天赋的人，会体验时光倒流、韶华可再的幸福。那些童年往事，本蛰伏在他的生命中，一旦有了契机，他可即席挥笔，也可慢慢吟哦。

读这些散文，对心灵是一种抚慰和庇护。我们恍若回到童年，触摸到了童年的脉搏，那是多么健旺的生命。

有健旺的生命，才会热爱生活，才会敏锐，才会不断地寻索和发现，才会触目成趣，走笔行文，写出内容丰富又具美感的散文。

正是因为读了党兴昶先生的这些精短散文，我才更加坚信：多读散文，于做人，于学养，于写作，都大有益处。

是为序。

2009年11月于北京

金 波

首都师范大学教授，北京作家协会儿童文学创作委员会主任。出版诗集、童话集、散文集、评论集等数十部。曾获国家图书奖、“五个一工程”奖、中国作家协会全国优秀儿童文学奖、冰心儿童文学奖、宋庆龄儿童文学奖等。曾获国际安徒生奖提名。

唯美而诗性的乡野风景

——我读《钓蚂蚁》

李学斌

统观党兴昶的《钓蚂蚁》，就题材内容而言，大体可分为三类：田野风景；童年游戏；民俗传闻。如果从文学角度细加评析，我觉得有如下特点：

一、文体意识突出，文章多有语言美。

散文，尤其是儿童散文，在人们的印象中，就是单纯写“小时候的事”。回忆式、亲历性、真切感成了儿童散文的普遍“格式”。这样的文本样态固然无可厚非，但是，毕竟显得过于庸常了一些。党兴昶显然不喜欢这样“穿新鞋走老路”的写法。于是，他适时地开始了一点“变法”，就是在平实的散文叙述中加入了一点“诗歌”的意象“跳跃”式笔法，从而让诸多短小的篇什无形中具有了精致、诗意、悠远、

隽永的文体美感。比如《牵牛花》一篇。先是叙述牵牛花在院子里蓬勃开放的姿态。“长长的藤须”，“缠住了”“缠住了”“给缠住了”，连续的叠词重复，很好地烘托、强化了牵牛花顽强不屈、蜿

蜒前进的生命情状。随后，笔锋一转，孩子和牛出现了。而且，出人意料地，牵牛花“缠住了”牛的独角……此处真可谓是“点睛之笔”。最为出彩的在于结尾，孩子把缠在牛角上的藤须轻轻解开，可是独角牛却并不走开，而是看着牵牛花出神。看似人格化方式写牛，其实还是写牵牛花的形态与精神的美丽。

二、画面浓淡相宜，情节常有意境美。

作为融合散文和诗歌的精短散文，党兴昶儿童散文很讲求画面感。几乎每一个段落里，作者都很少连绵不断在一个意象上驻足停留、细细刻画，而是很注重描述的层次感、错落感。这样一来，就让文章叙述的“景深”总是处于动态的变化当中，读来就很有画面感。比如在《立体画》一篇里，先后出现了这样一系列动态的“景物”：孩子、小花狗、鹞鹰、小鸡。背景是一黛远山，苍茫的天空，平展的草地，小溪潺潺，树林依依，不远处的村落依稀可见。整个画面层次井然，相互错落交织，随作者叙述一一呈现，渐渐清晰，又随作者的叙述渐渐远去，渺渺可期。

三、叙述视角虚拟，富有内在真实性。

诚如上文所说，散文和其他文体相比，典型的特征在于

“亲历性”“写实性”。可是党兴昶儿童散文却打破了传统散文真实性的实现途径。不是经由“写实性”来体现真实，而是通过作家的构思设计，由特定意象组合或情感渗透来构成内在的真实。这也就跳出了一般儿童散文“写实”审美的路子，另辟蹊径，进入“虚拟审美”的范畴。这和上文所说的融合诗歌形式是一样的。这样的篇什有许多，诸如《立体画》《大家都在玩》《金手镯，银手镯》《六月的小河》等。

四、表达方式写意，强调主旨含蓄美。

党兴昶儿童散文总体上不是单纯写实的作品，而是在写实的基础上追求写意的效果。采用如此笔法，这些短文读来就有了一种含蓄、诗意的美感，个别篇章更有余音袅袅，不绝如缕的余韵、余味。比如《说不清是怎么回事》一篇，三

个段落分别写“我”顽劣、任性、率真的冲动最后都“自动熄火”的情感体验。表面上看，是单纯写儿童在自然亲情和淳朴人性面前的不忍和不舍，但其间却点染出童心对生命的珍视，对爱的理解，对美的呵护。这样的篇章还有《扁扁豆种》《钓蚂蚁》《小纸船》《小燕南飞》等。

总之，党兴昶的这部儿童散文集《钓蚂蚁》，散发着清雅、

恬淡、柔和、诗性的田园气息。它是散文和诗的融合，是写实和写意的协奏，是蛙声间隙里清亮流丽的短笛声声，是袅袅炊烟里温情脉脉的乡村牧歌。这些散文既写出了在童心映照下意味绵长的乡村生活，也写出了“北方的家”的丰富内涵，还写出了稚拙思维里，生命率性的体味和发现。从中，我们重新体味到乡村的美好、诗意，也洞悉了童年的敏感、细腻。从这个意义上说，党兴昶儿童散文可谓当下儿童文学园地里一束奇异的花朵，它有蒲公英的淳朴，车前子的秀雅，薄荷的清香，芨芨草的韧性，散发出属于自己的独特气息，丝丝沁人。

李学斌

上海儿童文学作家、评论家，文学博士。

目录

立 体 画

孩子去河滩割草，把小花狗也带去了。

草地很是好看。一水水的细毛毛草从树林子那边顺着人工河一直铺展过来，像平平的绿色的毡子。没有风，草尖儿纹丝不动，更显出了这片风水宝地的静谧和安详。

这天阳光很足。

有一只鹞鹰，从远山的方向飞来。它那巨大的翅膀，带来了一阵呼啸，无论是滑翔或是俯冲，都使这只鹞鹰表现得十分勇猛顽强。它是去寻找

自己的伙伴，还是到村子里去干它的老勾当——捉小鸡？孩子只顾割草，他可能无暇顾及这些。

鹞鹰把翻动的身影真真切切地投在了草地上。这影子，忽而浓重，忽而轻淡；忽而大，忽而小；忽而在一个地方作暂短停留，忽而又迅疾地画出一幅又一幅变幻莫测的图画。小花狗觉得好玩，就摇晃着尾巴，追逐起鹞鹰的影子。

鹞鹰看见了小花狗，就飞得更加起劲儿，它在天空不断变换着姿势，做各种各样的飞行表演，影子在草地上也就更加生动。这时候，小花狗表现出少有的喜悦，它跑出了各种大小不一的弧线，把乖巧和灵活的形象传递给了鹞鹰。它们成了一双配合默契的表演艺术家。

它们玩得可真起劲儿。孩子停止了割草，他看见了这场面，觉得很有趣，但是瞟一眼西斜的太阳，他知道也该回家了。

小花狗有点不情愿地跟在孩子的后边。

那只鹞鹰呢，那只鹞鹰后来飞向了哪里？这就使孩子和小花狗无法知道了。

我们当然可以猜测，在鹞鹰和小花狗玩耍的那段时间里，村子里的小鸡也一定玩得很开心。

大家都在玩

家里头养着鸡、鸭、鹅，同时孵出一群小鸡、一群小鸭、一群小鹅，都是毛绒绒的、圆滚滚的，一样的好看，一样的招人喜欢。

这一天，小鸡、小鸭、小鹅一起来到水池边玩。小鸭一见水便乐得摇头摆尾，一个追一个地拐到水池里，愉快地、毫不生疏地划起小红掌游了起来。

小鹅看到小鸭玩得高兴，便也接二连三地下到水里，和小鸭一样游了起来。

小鸡看得发呆，它们真羡慕小鸭、小鹅，但是它们对游泳可是大大的外行，它们知道自己的爪子不能当船桨，它们有点怕水。

但小鸡们并不悲伤，并不自弃，它们在池边的草地上啄小虫，追蝴蝶，玩得也是有滋有味的。

小丫丫是个鬼精灵，她看小鸡、小鸭、小鹅们玩得很尽兴，便不忍心急着把它们赶回去。她掏出了小红皮球，拍呀，拍呀，玩得也很快乐。

扁扁豆种

胡家的孩子叫胡胡，黄家的孩子叫黄黄。

某一天，胡胡和黄黄在没开垦的野地里玩，各得一些扁扁豆种，是一位过路的白胡子老爷爷送的。

胡家和黄家，都是村里的老户，两家房檐搭房檐，田垄接田垄，中间只有一条编织精巧的秫秸障子相隔。多少年来，两家虽免不得磕磕碰碰，却也相处得很是和谐。

两家的大人不谋而合，胡胡和黄黄也相当勤快，小风儿一把大地吹暖，各自都把扁扁豆种撒在了秫秸障子下。有风、有雨、有太阳，扁扁豆

种像攒了几千年的劲，出土后长得十分茂盛。

扁扁豆秧子很快爬满了秫秸障子，相互纠结着，缠绕着，就再也分不清哪根藤子是胡家的，哪根藤子是黄家的。粉红粉红的小花，把秫秸障子镶成了一条花带，也说不好这花是为胡家开的，还是为黄家开的。过路人都说胡家和黄家是一对好邻居。

胡胡和黄黄别提有多高兴了。

入秋，太阳光像慈祥老人的目光一样温和，扁扁豆角也成熟了。当然，也难分清这些果实哪些是胡家的，哪些是黄家的，两家也就共同收获，由胡胡和黄黄乐颠颠地送给了村里的所有人家。

明年，在这个村子里，家家户户都会种上这种扁扁豆的。

钓 蚂 蚁

在废弃的打谷场，孩子们看见在地上有数不清的小洞。大人说，每个洞里都有几只活蚂蚁。蚂蚁？蚂蚁掉进这洞里怕就上不来了。

孩子们很难过。

于是，他们就敲起了脑袋瓜，想办法把蚂蚁救出来。用水引？他们怕把蚂蚁淹死；用小铁钩钓？他们怕弄伤了蚂蚁……后来，不知是谁的发明，孩子们把韭菜叶探进洞里，蚂蚁便伏在韭菜叶上，被一个一个地救了上来。

孩子们别提有多高兴了。

打谷场上，穿着红衣裳、绿衣裳、白衣裳、黄衣裳……的一大群孩子，撅着小屁股，在极其认真地钓蚂蚁。

后来，他们又听大人说，那小洞本来就是蚂蚁的家。蚂蚁可以在洞里睡觉呀，做游戏呀，互相打电话呀，干自己想干的很多事情……孩子们又纷纷懊悔起来，才知道自己干了一件天大的傻事。

小 纸 船

他本来是个听话的孩子，这一天他却哭了，哭起来就没个完。

问了几遍，才知道他的小纸船在河里被卷走了。不是漂走的，是翻了个个儿，然后被旋涡卷走了。

正在洗碗筷的奶奶满不在乎地说：“那有啥呀，小乖乖，明儿个奶奶再给你叠一个就是啦……”

小孩子还是哭，哭起来就没个完。

正在搓火绳的爷爷也满不在乎地说：“本来就不算啥嘛，小乖乖，爷爷这就用青蒿子给你编个好船……”

小孩子还是哭，哭起来就没个完。

在河里捞鱼虾的爸爸回来了，他和小孩子说，他看见了那只小纸船。那只小纸船被旋涡卷走之后，又浮了上来，顺着河水驶向遥远的海洋去了……

小孩子不再哭，他的黑眼珠望着远方，那只小纸船就在他充满希冀的瞳仁里……

牵　牛　花

牵牛花伸出了长长的藤须，缠住了秫秸障子，缠住了向日葵粗壮的茎，也把小柳树的枝给缠住了。

牵牛花就这样蓬蓬勃勃地在院子里开放着。

这一个早晨，孩子去牛棚看他那头心爱的独角牛。他惊奇地发现，藤须把独角牛的角给缠住了，缠了个结结实实，上面还精精神神地开了两朵粉红色的喇叭花，真的成了名副其实的“牵牛”花了。

独角牛可能怕扯断了藤须，它一动也不动，就这样规规矩矩地蹲伏着。

孩子很受感动，他把牛角上的藤须轻轻地解开，缠在牛槽旁边的木头柱子上了。

牵牛花开得可真好看，独角牛瞅得出了神。

买布娃娃

乡村商店里，平时货物并不是很多、很全，更是很少卖玩具。今年秋收过后，脑门儿发亮的店老板爷爷，转动几下圆圆的小眼珠，一次就进了很多种布娃娃。

店老板果真判断不错。许多妈妈就兴高采烈地带着自己的孩子，从近处或远处来挑选这些好看的布娃娃。

婵婵是个很精明的小姑娘，很快她就把商店里的布娃娃看个遍。她拿起一个，放下了，又拿起一个，放下了……挑来选去，最后拿起一个戴小礼帽的布娃娃，就久久舍不得放下了……但是，她又看见一个只穿着一件游泳衣的挺小的布娃娃，回头跟妈妈说："我要这个……"

婵婵的妈妈迟疑一下，很谨慎地问："宝贝，这个……好看吗？"

婵婵不假思索地回答："我就要、就要这个嘛……"

回家的路上，妈妈小声问婵婵："这个布娃娃并不是最漂亮的，你为什么要选它呢？"

婵婵认真地说："妈妈不是说，天就要冷了吗？这个布娃娃还穿着游泳衣呢，妈妈你说她会不会冻坏的呀？妈妈，快回去给她织件毛衣穿上吧。"

听完婵婵的话，妈妈先是一愣，随后，妈妈把婵婵轻轻地抱起，在她的小脸上深深地亲了一口。妈妈满脸喜悦："大宝贝，妈妈马上教你织毛衣……"

堆雪娃娃

连续下了几天的大雪，我们当然要在院子里堆雪娃娃了。

一会儿的工夫，我们就把雪娃娃堆成了。不仅给他们安了眼睛、鼻子，还用彩色塑料为雪娃娃穿上了衣裳。

这时，有几只母鸡过来凑热闹，她突然问我：“母鸡下蛋的时候，先下大头还是先下小头？”

我回答不出来，只知道母鸡下蛋时，脸憋得通红。

她拉着我，要到鸡舍去看看。

我说：“那，我们的娃娃……”我指了指刚刚堆成的雪娃娃。

“……我们的娃娃？”

说着，她的脸真的红了，和母鸡下蛋时一模一样。

小燕南飞

离家三天，当他回到院子时，就觉得空落落的，有一种莫名其妙的寂寞感袭上了他的心头。要知道，他才刚到十岁，他说不清这是怎么一回事儿。

“莫非家里发生了什么变故？”他默默地想。

他只好问妈妈，妈妈说：“任何事没发生。”

他又去问爸爸，爸爸说：“没发生任何事。”

他觉得有点怪。

这时候，一枚暗红色的秋叶从树上落了下来，正巧几只贪吃的麻雀来觅食，他忽然想起，从打回来还没见到小燕子呢！

看来，在他不在家的几天里，房檐下的几只小燕子按照季节的安排，已经南飞了。

他越发感觉到不是滋味，站在院子里沉思默想了好一阵子。

金手镯，银手镯

金家的孩子，戴了一副金手镯；银家的孩子，戴了一副银手镯。

金家的孩子说："我的金手镯，有阳光一样的颜色……"

银家的孩子说："我的银手镯，有月光一样的颜色……"

阳光和月光都同样美丽。

后来，金家做生意发了财，日子过得红红火火；银家却连遭灾祸，日子过得不怎么兴旺。

金家的孩子说："我的金手镯，能换两匹高头大马……"

银家的孩子说："我的银手镯，能、能……换回一只小兔子……"

高头大马和小兔子的价值是不一样的。

金家的孩子和银家的孩子，无法再像从前那样要好。

打那以后，两家的孩子再也没有比手镯。

小鸡、小孩儿和我的故事

不知是怎么搞的。

一只小鸡，蹦蹦跳跳地来到我的写字桌上，它两眼溜溜地瞅着我。

我刚停下笔，它便来啄我写的字。

我感到好奇，于是便有了一场游戏——

我写上“大米”，它啄了。

我写上“白面”，它啄了。

我写上“狗屎”，它啄了。

我写上“毒药”，它啄了。

邻家的小孩儿还不识字，他不知道我和小鸡在搞什么名堂。但是，他还是把小鸡捧在手上，摩挲着它的羽毛，到屋前的草地里，和小鸡一起捉虫儿去了。

老鹰抓小鸡

月亮很圆的晚上，孩子们的传统游戏捉迷藏——“老鹰抓小鸡”开始了。

当然，老鹰很想把小鸡抓住。

当然，小鸡不想被老鹰抓住。

“小鸡”们很快把自己藏了起来，并且得意地觉得很隐蔽。

“老鹰”高喊：“藏好了吗？开始找了！”

没有回音，静静一片。

“老鹰”又喊：“藏好了吗？开始找了！”

一只“小鸡”终于控制不住：“咯咯儿——藏好了，开始找吧。”

于是，“老鹰”很快把这只“小鸡”抓到了。

好人打坏蛋

聪明的孩子，刚刚发明了一种很有趣的游戏，叫“好人打坏蛋”。

不料却遇到了一个难题：谁都愿意当好人，谁也不愿意当坏蛋，就只好用“石头、剪子、布”来决定。

难办的是扮坏蛋的孩子，是个健壮的又很争强好胜的大高个儿。

好人和坏蛋，还是不可避免地冲突起来。

交手后，好人和坏蛋打得难解难分，甚至一时很难判断出谁胜谁负。

游戏结束的时候，扮坏蛋的大高个儿被打得一塌糊涂，他不但没有丝毫沮丧，却现出非常高兴的样子。可能是因为他做了一件符合自己意愿的事。

孩子们都很快乐。于是，他们共同谋划起新的游戏。

讲 故 事

让我讲故事。好的，我就讲一个吧——

一只母鸡，从挂在屋外墙上的窝里“咯嗒嗒”地飞出来了。孩子要把鸡蛋捡回去。

拿起热乎乎的鸡蛋，他在院子里不改天性地玩上了。

孩子把鸡蛋抛起来，然后接住。

抛得再高些，再接住。

抛得又高些，又接住。

他一次比一次高兴，就一次比一次更加潇洒快活；他一次比一次抛得更快，就一次比一次抛得更高……

好了，这个故事只能讲到这里。

小鸟之死

太阳爷爷还没有出来，土道边的露水草又鲜又嫩。

他赶着善良的小山羊，早早来打食。

不知是什么原因，一只小鸟从草棵子里钻出来，土一样的颜色，只有一双眼珠子黑得发亮。他猜测这小鸟是病了，或是受了什么伤。他知道现在应该给小鸟以必要的庇护。

他蹑手蹑脚地向小鸟走去。他要把小鸟托在手里，除去它身上的泥土，喂它小虫子，使它早早恢复健康，然后再把它放飞到大自然里。

然而，他往前走，小鸟就往后退，他走得快，小鸟就退得快，他走得慢，小鸟就退得慢，一双眼睛死死地、怯怯地盯着他，始终和他保持着一定的距离。

他估计是小鸟对他不信任，猛然间他想起了以前对小鸟或是别的什么动物不够友好的种种表现，他很懊悔。

看来小鸟已经耗尽了体力，它退到了它所信任的小山羊的身边，就再也不动了。只见它土黄色的尖尖嘴一开一合，一颗听得见响声的心脏就要跳出来。

他伸手去抓这小鸟，没等抓到，却听见一声尖厉的、近乎撕心裂肺的叫声——

是小山羊无意中把小鸟给踩死了。

说不清是怎么回事

我拿着镰刀到地里去，想割个玉米秆嚼嚼。到地里一看，每个玉米秆的中间都飘着一两朵红缨，每个红缨下边都结着一穗嫩嫩的玉米。于是，我就没割，夹着镰刀往家走，顺道割了一捆青草，扛回家去喂老牛。

我手里攥着一块石头，想把狗子家的玻璃砸了，谁让他欺负我啦。可是到了狗子家一看，狗子妈正领着他擦玻璃呢，那玻璃被擦得清亮清亮的，真是爽心。我就把攥着的石头扔在了墙根儿，也想回家把玻璃擦个干净。

我已经搬过梯子，想把房山头的家雀蛋掏出来。可是爬上去一看，发现那只家雀正在窝里孵蛋呢！它不但没被吓飞，还用两只眼睛眨巴眨巴地瞅着我，瞅得我有点不太好意思，我把雀窝边的干草往里塞了塞，就从梯子上下来了。

故　事

夜色很深。月亮也不知去了哪里。

我紧紧地偎在妈妈的胸前，妈妈的心跳一下一下震动着我脆薄的耳膜。妈妈的怀抱真是太小了，一个小小的我，就能把它装得满满。

我靠在妈妈暖暖的胸脯上，睁着圆圆的小眼睛，仍然要听更多的故事。跟妈妈小时候一样，听起故事，我从来就是一副很贪心的样子。

我忽然对妈妈说："妈妈，妈妈，把你小时候你的妈妈讲给你的故事讲给我听好吗？"

妈妈忽然不说话了。她的两眼呆呆地望着前面。我看见妈妈的泪珠流下腮边，那些泪珠在昏黄的灯光里有着耀眼的光亮。

我终于不再恳求。因为我知道，妈妈也想起她的妈妈和妈妈的故事了。

小　河

小河的水，真是太清太清了。肯定一点杂质也没有，就像一块透明的玻璃悬在不算宽阔的河道上；太阳光从天上泻下来，把岸边柳树毛的影子映在河底的沙地上；在风儿的作用下，画出了一幅又一幅淡淡的似有若无的图画。

一个胖小子，一丝不挂地躺在浅浅的水中，头枕着一块圆石，微闭着双眼，他可能是睡了。

他的红背心，挂在岸边的绿树枝儿上，像一面迎风招展的旗帜。

极细微极细微的水声，像天籁一样，在他的耳边轻轻地划过。

一群又一群的小鱼苗、小蝌蚪，从他的腋下、腰间、屁股底下钻来钻去。这些小动物，可能是感受到了胖小子体温的魅力，干脆贴在他的身边不动了。

它们也和胖小子一样睡着了吗？

有一只青蛙，在胖小子的肚皮上蹲着，这只

青蛙也可能是累了，它一动也不动，此刻正以慈爱的目光看着这些小蝌蚪——它的可爱的孩子们。

不知是偶然，还是必然，一只蜻蜓从别的地方飞来，正好落在了胖小子翘起的小鸡鸡上，清清的河水从他的小肚皮上流过，真是太有意思了。如果把这一景象画成画，那会是个什么样子？

坐在岸边的胖小子的伙伴，看到了这一有趣的画面，就再也憋不住，哈哈地狂笑起来……结果，胖小子睁开眼，翻了一个身，小鱼苗、小蝌蚪等小伙伴，一下子也游得无影无踪了。梦醒了，那美丽的场景也就不复存在。

当然，小河的水还是清的，很清很清。肯定一点杂质也没有，就像一块透明的玻璃悬在不算宽阔的河道上……

一场战斗的结局

“接着——”

“好咧——”

我把一支玩具枪交给爷爷。

我们的战斗开始了！

于是，我就端着一支高压水枪，小老虎似的冲了过去。

爷爷虽然快八十岁了，可是一拿起枪，他就马上进入战斗状态，就好像又回到了当年的战争中。他没觉得自己已经老迈，他还是那么勇敢顽强，敢打敢冲。

他也完全没把我当成是自己亲爱的孙子，他把枪对着我，一阵又一阵猛射。多亏这是一支水枪，如果是能射子弹的“三八大盖儿”或者是冲锋枪，恐怕我早就完蛋了。

战斗很快结束了，我终于被打败。我哭了，肯定像一只落水的小公鸡。

奶奶一边哄着我，说别哭别哭，一边埋怨爷爷，说老家伙你也不让着点，说老混球儿你把孩子弄成这样，你还真是个老小孩……

爷爷低着头认错，像当年接受连长的批评，说他犯了个人英雄主义。

可是，奶奶还是没有哄好我，我还在哭。我不是为着别的什么，我是看见爷爷脸色铁青，他那复仇的目光，让我害怕。

放学了

放学了，放学了。

没有哪个孩子不盼望放学，就像盼望每天早上上学一样。

没有“盼望”的孩子，都是大傻瓜。

姐姐和我，背着书包，一个接着一个先后走进家门。

父亲在院子里忙碌着，他正把落在地上的玉米一粒一粒地收进粮囤。

无论父亲怎样忙，每次都会逐个把我俩扫瞄一遍。不然他不放心。父亲露出憨憨的笑，仿佛看见他心爱的粮食，都已颗粒归仓。

火车的吼叫

我们的村庄是个小村庄，连它的名字都带个“小”字，叫“小胯胯沟”。我们虽然不懂其中的含义，但我们知道不是什么好意思。

我们村子的人没见过什么世面，他们也不愿意和外边人交往。

没想到这样的村子也会通火车。

因为站台不大，所以显得人多一些。在这里上车和下车的人都不多，更多的人是来看火车的。火车在这里停车的时间也很短，停下来的火车，仍然低低地吼着，吭哧吭哧的，让人不敢靠近。

我们小孩子一下子就喜欢上了火车，每天都去站台上看火车。

火车启动的时候，汽笛发出大声的吼叫。我们会一齐向移动的窗口招手，向那些微笑着的陌生人招手。老奶奶也常来凑热闹，和我们同声喊叫：“火车！火车！Bye-bye！Bye-bye！”

两只燕子到我家

暖柔柔的春风把柳丝吹绿了。淅沥沥的春雨把柳丝滴绿了。去年落下去的叶子重新绿在了枝头，匆匆离去的燕子更加匆匆地飞来。

燕子惊喜地发现：忙碌的人们，把村庄建设得更漂亮了。

燕子喜好在一些房檐或屋梁上筑窝，但是并不是每户人家都有接待它们的福分。

有两只燕子，从我家新房开着的窗子一齐飞了进来，先是踅了一圈儿，接着又踅了一圈儿，它们还是有点小心翼翼地落在了屋梁上。我和妹妹当时别提有多担心了。

两只燕子斜着翅膀，形影相随地飞来飞去，它们垒窝的样子可真专心。

它们相亲相爱，它们呢喃细语，它们在一起把一只小虫子推来推去地撕着吃。它们还一遍又一遍地亲嘴儿呢。不知过了多久，燕窝里伸出几个黄黄的小嘴丫，当然，那是它们的劳动成果和爱的结晶。

它们就更忙了。

哪知道为什么，爸爸妈妈很长时间没有吵架了。他们干活或休息的时候，有时还牵着手、挽着臂，谁对谁都不大声说话……

两只燕子，好像故意从爸爸、妈妈的眼前一次次地飞过。

失去的雏菊

昨天，在校门的旁边，看见有好几朵小花还在热热闹闹地开着。也就是在昨天，我才知道这小花的名字叫雏菊。

今天，这雏菊不知为什么就不见了。

是哪个淘气包给掐去了？是哪个家畜给吃掉了？是它自然地凋谢了吗？

不要以为这不算什么事情，这件事搅得我心里倒海翻江，

很不是个滋味儿。

我把这种感觉和伙伴们说了。

他们有的讥笑我，说我不是男子汉，是个婆婆妈妈的软蛋蛋。

他们有的安慰我，给我送来一束刚刚采下的野芍药。

他们还故意分散我的注意力，拉着我去弹玻璃球。

"乌乌球！"我的情绪还是没有调整过来，我的伙伴不理解我，我想把这奇怪的感觉和老师说说。那几朵雏菊的影像怎么老在我的眼前晃来晃去呀？

菜地和小鸟

房后是一片很大的菜地，大人对那些没有恶意侵犯的任何动物，根本不搞任何设防。菜花开得热热闹闹了，更热闹的是那些美丽的蝴蝶、好看的小鸟，它们飞来飞去，起起落落。甜甜非常喜欢蝴蝶的舞姿和那些小鸟的歌声。

小表哥是打鸟的能手。他在菜地里支起许多个铁夹子，用白胖胖的虫子做诱饵，于是那些小鸟，就一个接一个地上当，被夹住，被烧成了香喷喷的佳肴。

甜甜以前没少吃小表哥烧的鸟肉。甜甜喜欢小表哥一提起打鸟，就神气十足的样子。

甜甜长大了，她已经六岁。她开始观察那些各种颜色的小鸟。“柳树叶”“红点颏”“绿肚囊”“小青头”……这些名字好听的小鸟，肯定是来欣赏菜花的美丽或是来捉拿菜叶上的小虫的。

甜甜开始懂得：小鸟是多么可爱，小鸟又是多么可怜。

小表哥又一次把铁夹子上的小鸟取下来，然后又一个个把这些铁家伙重新摆放在菜地里，并且告诉甜甜好好看守着，他要和小伙伴们去村外玩耍，说等他回来的时候，肯定又能捕到很多只肥肥的小鸟。

傍晚，小表哥回来了。他从菜地里收起一个个铁夹子，可是，这次居然一只鸟儿也没有捕到。小表哥的神情现出了狐疑和失望。甜甜若无其事地向天上观看。

从此，一连几天都是这样。小表哥觉得在甜甜面前丢掉了面子，再没有从前那种神气十足的高傲和自信。

甜甜却很得意。这几天，她一直站在菜地里，时不时就挥动着小手，或者发出一声声尖尖的呼叫，她不让那些就要上当受骗的小鸟落下来。这是很热的天，甜甜的脸上挂着颗颗汗珠，就连小花衫也湿透了。可是她很高兴。那些飞来飞去的小鸟，在别的地方吃饱喝足之后，正在菜地上空高高兴兴地唱歌呢。

黄瓜开花

黄瓜秧，满架爬，爬来爬去，满眼就都是绿色了。可以看出，黄瓜秧已经长大了。

小姑娘知道，黄瓜秧上很快就会开满黄花，花开过后，小黄瓜就会结出来。

她不想管住自己。她要亲眼看看，黄瓜花是怎么开的，黄瓜是怎么结出来的，是怎么一个一个长大的。

她就早早趴在了满是露水的黄瓜架下。

她真是个执拗的小姑娘。她两眼死死地盯着，一两天过后，却没看到有什么变化。她真是有些累了，可是刚刚打个哈欠，一眨眼工夫，再看就满是黄花了。一朵比一朵鲜嫩，一朵比一朵好看，眼花缭乱的，像是一个玄妙的梦。这时候，她好像相信了妈妈前几天说过的话，黄瓜开花不许看、不许看；看了，花就不开；即便开了，也都是些谎花。

看花不成，她还想看看黄瓜是怎么长大的。

其实，每朵小黄花都长在小黄瓜刺儿上，小黄瓜已经结出来了。她还是用两眼死死地盯着，确实没有看见黄瓜长大。这时，她又听到了妈妈很大很夸张的声音：“刚刚结出的黄瓜也不许看、也不许看；看了，小黄瓜就化了……”

“化了？”她对妈妈的话很不理解。小蜜蜂怎么可以来看呀，小蝴蝶怎么可以来看呀，小蜻蜓怎么可以来看呀？一个很守规矩的小姑娘，怎么就不可以来看呀？

她不得不埋怨起妈妈：小鸡下蛋时不许看；母牛下犊子时不许看；土豆芽拱土时不许看……黄瓜开花时、结瓜时也不许看。这个不许看、那个不许看，这到底为什么呢？

妈妈急急地说：“你穿衣服的时候，你做小手工的时候，你写作业的时候，不也是不让别人看吗？”

小姑娘很惊奇，好像有所领悟。

第二天，小姑娘到黄瓜架前一看：果然，一夜未见，黄瓜花开得更多、更艳了，顶花带刺儿的小黄瓜已经长得很长了。

摘山里红

经过几个月的慢慢成长，山里的山里红有些红了。

孩子们怎么也等不及，就相互拉拉拽拽地结伴进山，去采摘那些盼望中的果子。现在，每个孩子的胳膊上都挎着一只编织精巧的柳条筐。他们说着笑着跑着闹着，不知不觉就来到了一大片果树下。

身高的孩子用手攀住树枝摘，矮个儿的孩子就爬到树干上摘。不大一会儿，一只只柳条筐就被红红的山里红装满了。

其中一个不高也不矮的女孩子，她没有攀枝采摘，也没有上树糟蹋。她的筐里也是满满的，只是她的山里红不如别人的纯粹，带着一些泥土或是草叶。

这个女孩子只是跟在后面，在树下捡着小伙伴们采摘时落在地上的果子，当然也包括那些他们摘下来又丢弃的小青果。其实，小伙伴们可能不知道，她这样做的意义，是有一筐山里红，能够因此继续长在树上。

满载而归的孩子们别提有多高兴了，他们唱着歌走在回家的路上。这个不高不矮的女孩子，也唱着和大伙同样的一首歌。她的歌声虽然无法被分辨出来，但是人们很容易就能发现，那只挎在胳臂上的柳条筐，那只筐里的山里红，带着湿润的泥土和草叶的芳香……

爱 爱

爱爱虽然是个很小的孩子，可在家里却是最强健的成员。她的爸爸是个走路艰难的跛脚，她的妈妈是个看不见东西的盲人。

城里的叔叔、阿姨很有爱心，每年都会救助他们很多东西，所以爱爱家的日子过得并不很差。眼下快过年了，爱爱也要送给爸爸、妈妈一些礼物。她用叔叔、阿姨送来的水彩，给爸爸画了一台不用脚踏的小汽车，给妈妈画了一副能看见所有东西的特殊眼镜。

她画得可真下力气。因此，送给爸爸、妈妈的礼物，也就非常漂亮。

爱爱也想给自己画点什么。比如花衣服，比如小台灯，比如会唱歌的MP3……

可是，爱爱的想法实现起来会很困难。她的那盒水彩因为用得过多，留给自己的愿望只有以后再说了。

暑假里的伙伴

暑假到了，树上的小鸟和知了就一起叫了；暑假到了，小茜就坐着从城里来的汽车到了。开始，小茜是来看姥姥；几个暑假过后，小茜就连带着看我们。她不但会给我们带来新鲜礼品，还教给我们很时尚的游戏。

今年的暑假刚到，我们就到大榆树下的站点旁接小茜。仅仅到了第二天，我们就把小茜接到了，大家很快乐地拉着手转了一圈儿又一圈儿。可是，令人难过的是小茜的姥姥病了，并且病得很重。我们跟小茜一样着急，我们都慌慌地张罗着给小茜的姥姥看病。

真是天不遂人愿，小茜的姥姥去世了。我们每个人都很悲痛，跟小茜一样哭了一通又一通。

快开学了，小茜不得不回到城里去。

我们又一次把小茜送到站点，每个人的心情都很沉重。谁也想象不出，明年的暑假小茜还会不会按时到来。

孩子和乞丐

一个看上去很年老的乞丐，在村头的柳树下半跪着，向进村和出村的人讨钱。

老乞丐的样子很叫人可怜，他说他儿子让前年的一场大水给淹死了，老伴两腿残疾、双眼失明、常年有病、卧床不起……

孩子的心里当然很难受。那老人长得很像去年死去的姥爷，特别是嘴角的那颗黑痣，孩子看着确有几分亲切，并引起不少美好的回忆。

孩子把兜里仅有的两元钱，很郑重地给了那个有点像姥爷的老人。

暑假过去了，孩子要到邻村去读初中。

在新校舍的门口，孩子又看到了那个半跪着讨钱的老乞丐。他还是几天前的样子，破旧的衣裤、脏乱的胡子，还有那颗惹眼的黑痣。

他露出满口黄牙，伸出一双黑手，向过往的大人、小孩儿，一个不落地点头作揖。老乞丐说他儿子是个严重的精神病人，老伴也被儿子犯病的时候弄死了……

很多同学不知道老乞丐的底细，他们个个眼泪汪汪，纷纷把钱多少不一地放进了老乞丐身前的铁盒子里。不一会儿时间，就把铁盒子装得快满了。

孩子一直在旁边看着。她知道老乞丐在说谎，甚至几次想在同学面前揭穿他。

但她一看老乞丐邋遢的衣着，以及无法形容的难堪乞相，孩子心里很是难受，她想了许多许多，也和那些不知真相的同学一样，眼睛里涌满了泪水。

上课的铃声响了。孩子犹豫一下，还是把一直攥在手里所有的几枚硬币，缓缓地、轻轻地，依然不失郑重地放进盒子里。然后，就头也不回地和同学们一起跑向教室……

接生婆

我是一个男孩子，我却当了一回接生婆。

那天，妈妈有说有笑地下田干活去了，家里只留下孤零零的我。谁能陪我玩玩呢？看来只有那只越来越懒惰的大花猫了。

我要让这只大花猫高兴。我喂它饭吃，它根本就不吃，它的肚子已经鼓鼓的；我要逗它“扑蝴蝶”，它也懒洋洋地趴着不起来，还“喵喵”地叫唤起来。

这只大花猫肯定是肚子疼了，我就轻轻地给它揉。它闭上眼睛，显出舒服了一些的样子，我的心里也感到好受些。突然，我发现炕上有一汪血，鲜红鲜红的。紧接着就有一只小猫被莫名其妙地生了出来，随后又有一只小猫也被生了出来。这可怎么办呀？我只好擦净炕上的血，给两个刚刚生下来的小猫洗了一个温水澡。然后，一一把它们放在一条干毛巾上，让它们睡个好觉。我还用小褥垫子，给大花猫搭了一个软软的产床，我怕大花猫受风，还用白手绢把大花猫的头给缠上了。

这时候，我才快乐地欣赏起两只刚生下来的小猫，它们全身发黄，中间各有一道白杠，脑门也有一处白点儿，它们长得可真相像，可真一样好看。它们是小男猫呢，还是小女猫呢，或者是一对龙凤胎呢？这需要相当丰富的经验，我当然无法知道。

我忽然想起不知从哪里得来的点子，我要给大花猫做顿丰盛的“月子饭”。思来想去，就做煮鸡蛋吧，煮鸡蛋营养丰富；我还想煮些小米粥，虽然我不知道水和米的比例是否合适，我还是很有创造性地把火点着了。

妈妈哼着歌儿回来的时候，我把大猫和小猫都已安排好了。妈妈还没来得及夸奖我，就拍着我的小脑瓜，笑着说：“你长大不用干别的了，就去当接生婆吧！”

民俗中的假日

正月里，过大年，我们拎着红灯笼到处乱跑。把脸给弄脏了，把腿给磕破了，我倒不怎么在乎。可是新衣服给刮破了，可不是件小事儿。我当然怕受到妈妈的责备，便主动跟妈妈套近乎。

“妈妈，你的宝贝蛋蛋不小心把衣服刮破了，妈妈，给宝贝蛋蛋缝上吧……”

妈妈不给缝。真是出人意料！是妈妈生气了吗？

平日里多么勤快的好妈妈，今天怎么啦？今天怎么变得这样懒呀！

妈妈抿着嘴，看样子是在憋着笑。

“不是懒，因为今天是个特殊的日子，今天是忌针日。忌针你明白吗？”老奶奶故意拖着长腔，既得意洋洋又有些神秘兮兮地说。

“忌针？”

老奶奶就耐心地告诉我：忌针是从老辈上传下来的规矩，从正月初一到正月初五，谁也不能动针线。老奶奶很夸张地瞟了妈妈一眼接着说，这几天给你妈妈放假了！随后老奶奶又说，这是谁也不能更改的“民俗”。

真是个很有趣的“民俗”，我虽然有些懵懂，还是禁不住鼓起掌来。

妈妈给我换了一件新衣服。我们又到外面玩去了，但是这次很小心，我们不能再把衣服弄破……要让妈妈在“忌针日”很好地得到休息，因为平时妈妈真是太累了。

童话中的大老虎

有一座很大很大的山，山里有很多很多的动物；有一座很美很美的村庄，村庄里有很多很多的人家。

山下的人们经常上山：打柴、挖菜、摘果，同山上的小动物玩耍……

山上的动物经常下山：寻食、找水、闲游，撩山下的小孩子嬉戏……

那时候，山上没有凶猛的动物；那时候，山下都是善良的居民；那时候，山上的动物和山下的人们，总是相安无事、友好往来；那时候的大家，都很快活。

忽然有一天，不知从哪里来了一只老虎，一只凶恶的、占山为王的大老虎。

不仅山上的动物不高兴，山下的老百姓也不高兴。

于是就出现了猎人。是专门打老虎的猎人。先是十几个，后来有几十个，他们都上山去打老虎。一天又一天，一年又一年，老虎真的被打死了。

猎人很高兴，老百姓很高兴，动物们就更高兴了。于是他们上山，或者它们下山，一起欢庆着胜利。就像一支联合起义的队伍，圆满地推翻了一个老虎的王朝。

从此，山下的人们完全失去了来自山上的威胁，他们生活得非常安心；从此，山上的动物除掉了不可抗拒的猛兽，自然玩得相当愉快。可是，他们和它们谁也无法知道，若干年后，山下和山上会发生怎样的新故事……

传说中的猪尾巴

爷爷捏着我的肩膀，有几分神秘地说：“我给你讲个猪尾巴的传说吧。”

“我不听，我都听过一百遍了……”

但是我知道，我家要杀大肥猪了。每次杀猪前，爷爷总会给我讲那个“猪尾巴的传说”。杀猪！吃肉！多叫人高兴啊！大人说，孩子要长大高个儿，孩子需要营养，孩子要多吃些肉。其实，哪儿是哪儿呀，我们就是小馋猫，猪肉真香，谁不想海吃海喝呀！

以前，家里日子过得穷，每次吃猪肉，大人都给我挑最好的地方吃，那个又难看又不好吃的猪尾巴，是爷爷的专有，别人谁也吃不着。现在，日子过得好了，爷爷为什么还是要吃那个猪尾巴？

“不行，我也要吃猪尾巴。”

“不行……”爷爷拖了长音，还是说不行。他还拉开了说评书的架势，又要给我讲那个猪尾巴的传说。

猪尾巴的传说？谁不知道呀，就是说猪尾巴只能给老人吃，小孩子吃了，身后就会有脚步声。越回头，脚步声就越响，像鬼怪的声音一样吓人。

不知道为什么，这回爷爷“扑哧”一声笑了。白胡子一抖一抖的。

他用小刀，割下一截猪尾巴，抿到了我的嘴里说：“吃吧！”

其实，我早就知道，爷爷以前舍不得吃好猪肉，就编了那个猪尾巴的传说。我也故意和爷爷斗嘴：“我不吃，我怕身后有脚步声。”

爷爷又笑了，用筷子轻轻戳了一下我的脑门说：“臭、小、子……”

因为有一个传说

东河套的旧堤上，长着一棵老榆树。有人说这棵树能有三百年，有人说五百年也不止。

这棵树，是远近村子最古老的树。

这棵树哇，长在一座坟头上，它裸露龟裂的几条根，把那座坟头紧紧地包住，像非常有力的脚趾，深深地抠进了坟边的黑土。

老辈人讲，这座坟里埋着一个屈死的姑娘。你看，那五个伸向天空的枝干，不就是五个不屈的手指吗？

三百年了，五百年了，这棵树没有人折一条枝，没有人碰一块皮。就是今天的孩子们也知道，这棵树碰不得啊！折断了枝，树枝里就会往外淌血；碰破了皮，树干上也会往外淌血。

当然，这只是一个传说。也许因为有了这个传说，才有了这棵树这么长的生命。

松

大平原上不长松树，老院子里不知道为什么就长了一棵，而且早已高过房顶，粗过大盆了，蓊蓊郁郁，亭亭欲盖的，真有一种长者之风。

我们这些淘小子，就是好玩。不仅在树下玩，有时还登着梯子到树冠上去玩。你在这棵树杈上，我在那棵树杈上，你呼我应，瓮声瓮气的，真是别有一番情趣。我们采了松塔，舍不得吃，就摆在家里的柜盖上，时不时地就拿起来玩一会儿。有一年我们只顾疯玩了别的游戏，隔了好长时间才又爬到松树上去，却意外地发现了两只拖着长长尾巴的小松鼠，天知道小松鼠是从哪里来的。有了这两只松鼠，我们就再也不好意思爬到松树上去打扰了。

又是一个春天，村里的老老少少都忙着栽树，也不知道是谁提的话儿，要试验着栽点松树……

斗　嘴

女孩子看上去能有十一二岁，男孩子比女孩子小得多，顶多四五岁。

女孩子和男孩子故意斗嘴。

女孩子说："我家有大肥猪。"

男孩子说："我家有猪八戒。"

男孩子显然指的是墙上画中的猪八戒，女孩子真是有理说不清，只有认输了。

女孩子说："我家有拖拉机。"

男孩子说："我家、我家有大汽车。"

男孩子说着，从乱七八糟的一堆杂物里找出一本《娃娃画报》，翻开了印有汽车的那一页，自豪地指给女孩子看，女孩也就只有再次认输。

女孩子敲了敲脑袋，说："我家有一百多只鸡。"

男孩子翻了翻眼皮，说："我家、我家……我家有、有很多很多鸟儿！"

男孩子说着，用手指了指窗外的鸟群。

女孩子赶紧说："我家有个天！"

男孩子接着说："我家有个……比天、比天还大的天！"

女孩子无可奈何，硬邦邦地说："我和你现在说不清……"

男孩子理直气壮，直通通地说："我和你永远说不清……"

抽 尜 儿

村里新建的小广场，很平整，很宽阔，很能招人。干完活的人们，常常来这儿唱歌、跳舞、下棋。

特别有意思的是几个老爷爷，他们曾经都是劳动能手，现在老了，闲着无事可做，就天天来这儿抽尜儿。

他们用长长的鞭子，把尖尖的尜儿抽得满广场转来转去。有的老爷爷真有本事，一个人同时能抽三四个尜儿。一鞭子下去，先被抽的尜儿就转起来；二鞭子下去，第二个尜儿就紧跟着转起来；三鞭子四鞭子下去，就转得满眼开花了。谁也没看见他们紧盯着哪个尜儿，可是哪个尜儿转慢了，随时都可能挨上一鞭子。所有的尜儿就又都非常和谐地转动起来。这些老爷爷还挺浪漫，每抽动一个尜儿，身子就跟着转动一两圈儿。身子转来转去，尜儿也转来转去，他们都变得年轻了，变得活泼了。

孩子们最善于模仿。他们做了一些五颜六色的尜儿，也做了一些非常好看的鞭子，纷纷加入到老爷爷的行列里，学着老爷爷的样子认真地抽打起来。

倒　影

听说有一种奇幻的景观，叫“海市蜃楼”。他不免想入非非，不知道添了多少个斑斑斓斓的梦。那一天雨后，他到新修成的水库边玩，惊喜地发现水库里有不少美丽的建筑物，随着水波的荡漾，若隐若现，流光溢彩。

他跑回了自己的小村庄，他喊来了小伙伴，欣喜地告诉他们他发现了“海市蜃楼”。

小伙伴们看了，几乎都说那不是什么“海市蜃楼”，充其量是些倒影。果然，在水库湾的一端，一座新的村庄里，有不少建筑别致的小洋楼。这些小洋楼的倒影映在了水库里。看到这里，他的脸不知不觉地红了起来，心情也变得有些沉重。

伙伴们非常热情地把他拉过来，用各种办法抚慰他。从此，他们多了一个关于探讨“海市蜃楼”的话题。

田野上空的风筝

春播渐完，田野也就不那么喧闹了。

早晨，我看见一个大叔，拉着木磙，弯着腰，一步一步地向前走着。晨光追逐着他，身后的田垄压得实实的，那是一排一排平整的小苗的温床。

他的孩子，在田边玩耍着，风筝放得很高。

到了地头，看见有人注视他，他笑笑。

我问：“怎么不用牲口？”

他答：“没有。”

我问：“人拉磙子，不是太累了吗？”

他答：“不累。”

我不吱声了，在心里品味着他的话。

他又拉起了磙子，一步一步地，很扎实。脸上的汗珠，他不擦，却不时地抬起头，朝放风筝的孩子看看……

雨　前

真是太闷热了。

屋里的水缸穿了“裙子”，憋闷得潺出了一身汗水。

小花猫烦躁得在屋里屋外乱窜。

小燕子在空中七上八下地翻飞，它们是想飞到天外去，但是又飞不出去。

一只黄鼠狼“嗖”的一声，从树洞子里钻进了柴火垛。

蚂蚁们在搬家。

老爷爷把一台收音机贴在耳朵上，在听“天气预报”；穿开裆裤的孩子龇着参差不齐的小白牙，在一遍一遍地背农谚：“水缸穿裙山戴帽，燕子钻天雨来到……”

孩子们的妈妈匆忙地往屋里抱柴火。

麦场上可就忙翻了天！人们呼喊着、挥舞着木叉，要把散晒着的麦穗归成堆。劳动的果实不能有一点损失啊！老人们来帮忙了，小孩子来帮忙了，过路的人来帮忙了，小花狗在人群中不断穿梭也来帮忙了……

有过路的马车走过，人们就主动和车老板儿打招呼：“快点儿赶车跑吧，不然会挨浇的！”

有过路的老人、小孩儿走过，人们就连拉带拽：“到屋歇着吧，避避雨再走吧！”

……

雷声响了，雨水滋润着疏松的大地。

雨　　后

一阵骤雨过后，天空被洗得瓦蓝瓦蓝；一道透明的彩虹挂在天际，像一座弯弯的长桥。

小姑娘着意打扮了一番。

她上身穿的碎花小褂，虽然不是新的，却洗得一尘不染；葱心绿的喇叭裤，虽已不很时髦，却也给她带来了一种特有的朝气；她把黑头发梳了又梳，精心地编了两条小翘翘辫儿，又用长长的红绒绳儿连成了一个圆环，红绒绳儿就像一朵小花开在了她的头顶。

小姑娘上路了，要去姥姥家了。她的心情真好，她一直哼着歌儿，全是抒情的民间小调儿。

毛毛道两边，是茂密而又葱郁的玉米田。晶莹的水珠在长长的玉米叶子上闪闪发亮，不论水珠大小，里面都有一个七色彩虹，真是美极了。这水珠，就是偶尔滚落一滴，发出的声响也十分悦耳。走着走着，她发现一棵倒伏的玉米秧，便用纤纤的小手扶了起来。雨后的玉米田软软的，和

小姑娘一般高的玉米秧却怎么也挺不起来。扶起来，倒下；倒下，又扶起来；可还是倒下了……她微微蹙了蹙眉头，赶紧找来一根木棍棍，抬手解下了头上的红绒绳儿，缠啊，缠啊……玉米秧终于站起来了，红绒绳儿编成的小红花粲然地开在绿色的茎间。

小姑娘还是哼着歌儿，接着向前走去。

天空啊，蓝得透明；空气啊，清新又芬芳。

六月的小河

六月的傍晚，爸爸、妈妈忙完了地里的活计，吃完晚饭，便带着孩子到小河边散步。

落日的余晖，把小河染成了胭脂色，叮叮咚咚的河水，打着小小的旋涡，给人以莫名的情思。

从小河的对岸，传来了悠悠扬扬的歌声：

"六月的小河，哎嗨哟，
那是一年四季最美丽的景色；
六月的小河，哎嗨哟，
用童声齐唱一支单纯的歌……"

爸爸说，唱得真好；妈妈说，唱得真好；孩子也说，唱得真好。

这时，一只蝴蝶不知怎么跌进了小河，在河面上挣扎着。这场面，爸爸看见了，妈妈看见了，孩子看见了……孩子不禁惊呼起来："蝴蝶、蝴……"他跑着，一直追了过去。

妈妈慌了，也惊呼起来："儿子、儿……"他俩就这样喊着，追着，前边儿子喊："蝴蝶、蝴……"后边妈妈追："儿子、儿……"

就这样追了好一阵子，妈妈终于拽住了孩子，蝴蝶却被河水无可挽回地卷走了。

妈妈搂过孩子，冲着爸爸发起火来："也不看着孩子，多危险，多危险呀！"

爸爸神态自若，孩子还在惋惜，妈妈依然惊魂未定。

小河的对岸，又传来了悠悠扬扬的歌声：

"六月的小河，哎嗨哟，
那是一年四季最美丽的景色；
六月的小河，哎嗨哟，
用童声齐唱一支单纯的歌……"

小河流水哗啦啦

小河水哗啦啦地流着。像唱歌，像跳舞，欢欢乐乐蹦蹦跳跳的，和我们小孩子的性格一样活泼可爱呢！

我们这些淘气包哇，就是没有常性，在小河里玩一会儿，就都变了调调。我们用石块、土块、青蒿子等，垒成了一条小水坝，把小河的流水给挡住了。小河水流到坝前，就再也流不下去了。坝前边的水就越汪越多，都快淹了岸边的毛毛道了；坝后边的水可是越流越少，不一会儿也就没水可流啦。

这时，出现了一个意想不到的场面。

坝下边没有水了，在河底却躺着好多白花花的小鱼儿。被热辣辣的太阳一晒，这些小鱼儿就乱蹦乱跳，有的钻进了石头缝，有的蹦到了岸上，有的干脆就亮了“白条”，一动也不动了。

别看我们是淘气包，我们每个人的心可是软软的呢，我们看到这些小鱼儿遭罪的样子，心里可难受啦。小鱼儿本来在小河里游得多么快乐，离开了水，它们就活不成了。

一切过错，都是由我们造成的。

于是，我们赶紧把坝给拆了，小鱼儿得救了，在水上打着漂儿，欢快地游向远方。

小河水还是那样哗啦啦地流着，我们的心也舒畅起来。

沿着小径到河边

那里，清澈见底的小河旁，长着很多野蒲棒、水稗草和细高的芦苇，开放着数不清的大大小小的五颜六色的野芍药、婆婆丁和野芝麻花。

一条小径，从村子里曲曲弯弯地通向小河边。小径的两边，是黑臻臻绿油油的玉米田；宽大的玉米叶子，摇来摇去，像与过路人招手，也像在和谁缠绵不休。小径，早被人踩得发亮了。

每天，都有人沿着小径到河边去。

前院的老爷爷，总是低着头，倒背着双手，他的小花狗跟在身后，一圈儿一圈儿地在那里溜达。谁知道这个老爷爷在想什么呢？

还有最能干活的叔叔们，常来这里洗脚、擦农具。有时他们还在岸边躺一会儿，抻抻腰。他们在唱歌的时候，双眼紧闭，好像这个世界上只有他们自己。

大姑娘、小媳妇们，说是去洗衣服，可是谁也不好好干活，不是撩水玩儿，就是抚弄野草野花。平时，她们是那么勤劳，一到小河边，就都变成了好玩好乐的小孩子了。

孩子们当然不会放过这个好去处，写作业累了，他们也爱到这里来。他们赤条条地在河里游泳，喜滋滋地在岸边赏花。在这里好好歇上一会儿，再回到村子里去，就好像什么负担都没有了。

无论大人和孩子都说：“这可真是个好地方。”

天上的鸟儿，地上的鸟儿

天上飞的鸟叫鸟儿，地上落的鸟也叫鸟儿。

天上飞的鸟儿，不往我们村子里落，它们只是过一下，就飞向很遥远的地方去了。地上落的鸟儿，也不往别的地方飞，它们都像家人一样，个个住在我们村子里了。

这是怎么回事呀？谁都想探个究竟。

我们就追逐着天上飞的鸟儿。看见有的鸟儿落在村外的树林子里，有的鸟儿落在小河边的堤坝上，还有的鸟儿根本就不落，继续飞向了更远的地方。

我们也观察起落在地上的鸟儿。这些懒蛋我们想赶也赶不走，就是当时赶走了，它们很快又飞回来。

我们知道，这是由鸟儿的习性所决定的。

我们总想让这些天上的鸟儿和地上的鸟儿合

在一起。

大人说，除非我们的村子建在树林里、河水旁……那样，天上的鸟儿，地上的鸟儿，就都会落下来了。

我们说，把树林、河水引到村子里，不是也可以吗？

大人夸赞我们，说我们想得有道理。

姐姐出嫁

姐姐就要嫁到外村去了。

我们本来生活得好好的，她为什么要扔下爹，扔下妈，扔下哥哥和我，还有我们的狗弟弟小黑，而到一个陌生的家庭去呢？

真也奇怪，姐姐居然抹上了红嘴唇儿，穿上一身红衣裳，多刺眼呀！她光顾打扮自己，只是在过道上，顺便摸了一下我的小脸儿，就再也不理我啦。

那天早晨，太阳刚刚出山，大马车就到了我家门口，人们穿着新衣，说着喜庆的话。

他们不知道，我的心里多难受啊！

爹、妈、哥哥，也都不知中了哪份邪，直向姐姐问寒问暖。一个整天在地里锄草拾柴的村姑，一时间就变成了公主。

上了马车，姐姐让我坐在她的身边。她的大手，把我的小手攥得生疼。在这个时候，她还跟我乱套近乎，这能让我受得了吗？！

马车一出村子，我的眼泪就掉了下来。

过了两年，又一辆马车，给我拉来了一位嫂嫂。

我没像别人那样高兴，也没去放鞭放炮，只是拼命地跑向西大坨子，看看大坨子那边，是不是有一个小男孩儿也在向这里遥望……

丑 孩 儿

向玉是个丑孩儿。向玉的丑，谁都不愿意描述。描述，就是重复，就等于往人家的心里捅刀子。

向玉的妈妈其实并不难看，向玉不知道为什么只是继承了他妈妈还有他爸爸的某些缺点。向玉的丑是天生的，其实谁都没有办法改变。

在我们这群孩子中间，向玉丑是有些丑，可是向玉最会打扮，他的穿着最讲究。他戴的小贝雷帽，是他妈妈一针一线亲手缝制的；他穿的红兜肚，比我们穿的多了一双活灵活现的白蝴蝶，也是他妈妈用绒线绣上去的；向玉还有一副好看的玉镯子呢，往往过年过节的时候，向玉才舍得拿出来戴上。

向玉还是个爱洁净的孩子，他最早养成了刷牙的习惯，因此他的牙齿挺白。在妈妈怀里撒娇的时候，他的一口小白牙是最抢人眼睛的。在和我们一起玩的时候，我们常常感到向玉带有一股香味。

以前的向玉不大合群儿，他常常一个人琢磨事情。他爱在野地里转，他把我们这一带的闲花野草都吃在心里了，他画的画有立体感，水灵，跟真的没什么两样。

向玉变得越来越合群儿，大家都愿意和他在一起玩。可能也是因为时间长了，谁都不觉得向玉长得丑。其实向玉挺好看。

谁知道河水有多深

涨水了。本来不算太大的南大坑，几天工夫就扩大了好几倍，成了白亮亮的一片汪洋。大人们到河堤抢险去了，留下孩子们自由自在地玩耍。

他们把拴在大柳树下的秫秸筏子解下来，不管天不管地地抢坐在秫秸筏子上。

“少年先锋号大船出发啦！”孩子们呼喊着，把秫秸筏子划向了河水的深处。

“我们是勇敢的少年，
我们不怕山高水深，
有一点困难算什么，
有困难才更需要我们……”

他们划着，唱着，互相拥着，挤着。因为他们太不老实，在秫秸筏子上乱动，他们的“少年先锋号”向一边歪斜了。

这时候的他们慌了。忽而拥向秫秸筏子的这

一边，忽而拥向秫秸筏子的那一边。越慌，秫秸筏子就越不平稳，真的就要翻了。

他们有的开始狂呼乱叫，有的“嘤嘤”地哭起来，他们别提有多后悔。

他们集中到秫秸筏子的中间，抱作一团，死也要死得团结友爱。

风在发作，秫秸筏子又摇晃起来，他们吓得“呀呀”地叫着。又有什么用呢？秫秸筏子真的翻了，霎时他们都以为自己死了。

他们并没有死，这里的水深还没有漫过他们的肚脐。

他们把秫秸筏子推回到了大柳树下。

树上的鸟儿“唧唧喳喳”地叫着，是在赞美他们的勇敢，还是在讥笑他们的鲁莽？他们个个都不好意思地羞红了脸。

雪花飘香

进了腊月门儿，眼瞅着就要过春节了。飘飘洒洒的雪花，也及时地来凑热闹，从天空慢慢悠悠地往下落着。

大地、树、房舍……都变成了白色。

孩子们爱在雪地里玩，他们闻到了一种很好闻的味道。啊，那是家家在烀肉。肉香，在雪中弥漫着，他们真切地感受到了年关的温暖。

有一群邻村的孩子在雪地上行走，他们准备干什么呢？噢，原来他们喜滋滋、乐悠悠地往各家各户送春联呢。贴春联，可是迎新春活动中一件很喜庆的事儿。他们把本村的送完了，又到我们村来了。

有一些男女青年，扛着高跷，拿着扇子、彩衣，拎着乐器，也嘻嘻哈哈地在雪地上走着。他们自己掏钱购置了多种道具，是在准备扭大秧歌的事呢。

有不少老太太，也在雪地上来来往往地逛着，她们个个都露着笑容，把自己家做的黏豆包、冻豆腐或者别的各种各样的年货，你家、我家、他家地互送呢。

孩子们看了这些，好像闻到了比肉香还浓的味道，就成了这些大人的小尾巴。

小 水 坑

从前这里是一片洼地，可是没有水，更没有什么水上生物。几天前下过连阴雨，便有了小水坑。

小水坑并不和别的水坑或者沟渠相连。今天路过这里，我们却意外地发现：小水坑里面有很多鱼秧子、小蝌蚪、香蟒蟒等小小的生命。真奇怪，它们是怎样来到这个世界的呀？

如果细细地观察，还会有更大的收获。

你看，它们游得多好。它们排成了队伍，有时很快，有时很慢；有时拐弯，有时直行；有时潜伏水底，有时跃出水面……

它们有没有统一口令，或者统一指挥呢？

有树枝和野花映入水面，有各种鸟儿不断飞过，有蝴蝶、蜻蜓们把这里当成了做工的场所……

几天工夫，小水坑便成了一个活鲜鲜的水上世界。

早春的样子

像有很不着调的画家，用很多很大的笔，把小村的各处给涂抹得乱七八糟，冬天的洁净没了，可春天的美丽还迟迟没有到来。

这就是早春的样子。

小孩子堆成的白雪人，很快变黑了，变矮了；这些小雪人，还不好看地尿了裤子，弄得满院子湿漉漉、水汪汪的，引得鸡鸭鹅在泥水中乱找食物，虽然找不到什么，它们倒是很快乐。

檐下的冰溜子由白色变成了浅红色，一闪一闪的，像无数个倒挂的变形人在等待着什么。屋里的饭菜香味飘出来，这些变形人馋得个个流了口水，随之又像跳水运动员，纷纷落入院子的泥水中，却再也没有浮出水面。

大人们开始修犁了。

小孩子甩掉戴了一冬的棉帽子，在外面叽叽嘎嘎地闹成一团。凭着几年的经验，他们知道，春天已经来临了。

一个世界和另一个世界

一

宝宝又搂住了妈妈的脖子，娇声娇气地说：“妈妈，我要个小弟弟……”

妈妈说：“上哪里去要呢？”

宝宝说：“从爸身上割一块肉，从妈身上割一块肉，完了把肉埋在大树底下，完了小弟弟就长出来了……”

不知道为什么，他妈妈听完这话，嘤嘤地哭了起来，把她的宝宝哭呆了。

二

宝宝喜欢小狗，爸爸便给他要来一只。开始，他还不大懂事，是他跟着小狗玩，他学着小狗汪汪叫。后来，他好像有点懂事了，是小狗跟

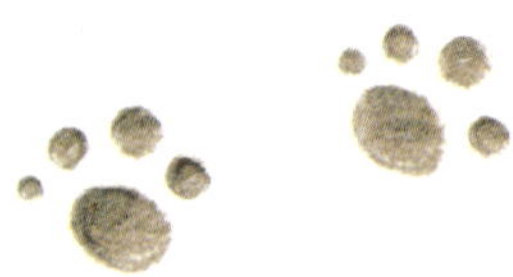

着他玩，他把小狗丢在枯井里，气得小狗汪汪叫。

三

宝宝会说话了，但是他还说不清楚，妈妈就一句一句地教他，要他跟着学。

妈妈说：“思、想、好。”他就说：“去、找、姥……”

妈妈说：“学、习、好。”他就说：“起、大、早……”

妈妈说：“身、体、好。”他就说：“我、要、跑……”

妈妈真是拿他没办法，就先不教他了。

四

爸爸和宝宝在夕阳里玩得真好。可是，太阳还是无可挽回地落山了。

宝宝生气了，他硬说是爸爸把太阳扔到后山边去了，哭闹着让他拾回来。爸爸说：“傻儿子，你的爸爸哪有那么大的本事啊！”

五

夜里，爸爸做了噩梦，放肆地喊起来，把宝宝吓醒了，搂着妈妈的胳膊半宿没敢动。

早晨，爸爸起来，就要下地干活了，宝宝一下子抱住爸爸的大腿："爸爸，你去打大灰狼吗？"

六

爸爸的朋友家，日子过得真好，冰箱里放着好多好吃的东西。爸爸的朋友打开冰箱，把苹果送给宝宝吃，宝宝不要，要吃香蕉，爸爸的朋友就把香蕉送给宝宝吃。

回家的路上，爸爸教育宝宝，不该主动要人家的东西。宝宝就说："叔叔拿苹果的时候吧，我看见香蕉在冰箱里冻得直哆嗦，它要到我的肚子里暖和暖和，我、我就让它进我肚子里了，爸爸你说有意思不？"

事后，爸爸一直在想：这小子怎么编出了这么一篇童话……

七

因为爸爸说过，故事是最有意思的。于是，宝宝天天缠着要他讲故事，爸爸便不得安宁了。

因为爸爸说过，故事都在书里。于是，宝宝便把他那两架子书翻得乱七八糟。翻了一本又一本，宝宝说：“爸爸，我没看见故事在书里呀！”

八

有一天，爸爸带着宝宝去爬山。到了山顶，稍没注意，宝宝就蹲在了一个突兀的悬崖上，悬崖下面是个深渊。爸爸怕他摔下去不敢惊动他，只是轻轻地爬到他的身后，一把将他拉了过来。

这时爸爸才敢向他发火，他却满不在乎地说：“那孙悟空怎么可以这样呀？”

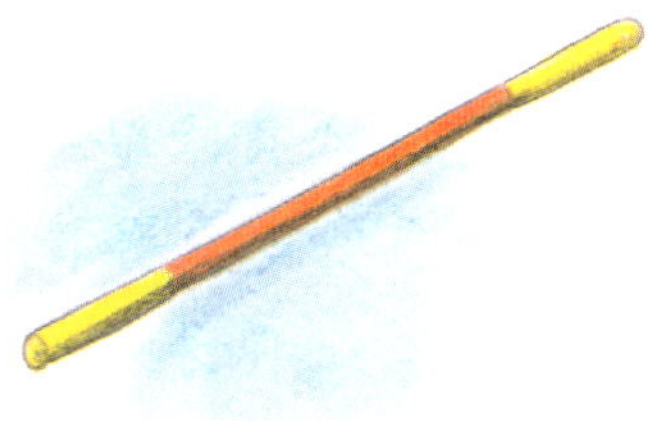

荒野采撷

艾　蒿

在青青的草地上，我们采着青青的艾蒿。

姐姐的手真快，转眼就采了一大抱。

“该回去了，姐姐，我们的檐头插得了吗？端午节的粽子已经飘香了。”

“还要采的，弟弟，卫生院正大量收购这些宝贝呢。”

“难道它是药吗？”

“是的，艾叶能止血的。能治吐血、鼻出血、

直肠出血呢；还能治多种妇女病，这些，你就不懂了。”

“这些药好制吗？”

“好制的，只要问问王老先生。现在，我们多多采吧。”

我们采呀，采呀，竟忘了早点儿回家去拴五彩线。

猕 猴 桃

九月，金风飘香的季节，小李哥带我去采猕猴桃。

呀！真多。高大的树上盘结着猕猴桃的藤子，遮天蔽日，遍地都是。

我们爬到树上，一会儿就摘满一筐。吃一口甜丝丝、酸溜溜的，真棒。

小李哥说：“猕猴桃能制成果汁、果酱、果干、果脯、罐头和果酒呢。”

小李哥说：“猕猴桃含维生素C最多，苹果和梨都比不了它。”

小李哥说："猕猴桃的根、茎、叶、花、果，可都是好东西，能入药啊。"

小李哥说："南坨子已建成一座人工猕猴桃园，要大量出口猕猴桃呢。"

小李哥知道得真多，我早已听得入迷了。

合　欢

"这是合欢吗？真好看呀。圆圆的叶子，淡绿淡绿的；圆圆的果实，橙红橙红的。"

"是叫合欢，我们村里人呀，却也叫它'明开夜合'。别看它白天开得美滋滋、笑眯眯的，一到晚上呀，它就闭上眼睛了。"

"真有意思，它要睡觉吗？"

"它是睡觉了，并且在做一个童话一样的梦。它梦见一个失眠的夜游人，把它的种子采去了。回家把它吞在了肚子里，可它还是不醒，那个夜游人就不再失眠，也跟着它一块睡了，一直睡到大天亮。"

"嘿，想不到合欢还真有本事。我明白了，合欢有催眠的能力。"

“噢，你真聪明。”

野 菊 花

秋天。

坡地、沟边、路旁，开着朵朵金黄色的野菊花。我们把美丽的花头采下来，在明朗的阳光下慢慢地晒干。

可不要说这晒干的花，不如开放时新鲜美丽，也不要惧怕它微微的苦涩，它可是治疗消肿、杀菌解热的药呢。如果加上少许的婆婆丁，加上等半的苦参面，它又有了新本事，能治疗湿疹和糜烂呢。

荒野里真有好多宝贝，趁着天气暖和，我们要多采一些。

关于夏天的二十幅图画

第一幅

下雨了。

小鸭子“呷呷”地叫着，随着鸭妈妈高兴地在雨中沐浴。

小鸡们却受不了啦，它们惊慌地跑向篱笆边，鸡妈妈张开了翅膀，护卫着它的孩子们。

第二幅

一只青蛙，不知是因为调皮，还是因为什么误会，它跳到了正在大树下睡觉人的肚子上。那个汉子依旧打着呼噜，轻轻地翻了一下身，青蛙就蹦下去了，三下两下就蹦回到沟旁的草丛里。

第 三 幅

在胭脂色的夕阳里，牛群从草甸子上回来了，它们带回了草的香味，花的香味，还有很好闻的牛毛的香味。这些牛的尾巴一直不住地抽打着。尽管这样，它们的身后也搅着一团团的蠓虫，这些爱咬人的蠓虫也很糟糕地随着牛群到村里来了。

第 四 幅

总是在早晨醒来的时候，发现有那么多好看的花在园子里开放了，看来在人们睡觉的时候，它们也没有消闲。于是，孩子们就赶紧洗脸、吃饭、整理书包，和园子里的花作别，去看校园里的花又开了多少。

第 五 幅

有一只小花蛇向村子里窜来，吓得孩子们到处乱跑。奇怪的是这小花蛇的身上布满了一层又一

层蚂蚁，不长时间，这小花蛇在地上打了几个滚儿，就直挺挺地不动了。毫无疑问，它是被一群蚂蚁咬死的。

第　六　幅

小老乡把一头牛杀了，另一头牛匆匆跑来，在屠宰它同伴的地方“哞哞”地叫着。它吸着地上的血，用角顶着路边的树桩、花草和腐叶。人们说这头牛可能是疯了。

第　七　幅

老黄牛在甸子上悠闲地舔食着青草，它的两只竖起的犄角上，各落着一只顶好看的蜻蜓。放牛的老爷爷笑眯眯地瞅着，并晃动起手中的马尾巴蝇甩子，驱赶不时袭来的蚊蝇。

第 八 幅

墙旮旯躺着一只死耗子，大黑猫闻一闻就走过去了。过了一会儿又来了一只小花猫，它可能是饿极了，不管三七二十一，就把死耗子吞下去了。一个看见这场面的大人说，这小花猫可能也快死了，因为它吃掉的耗子是被鼠药毒死的。

第 九 幅

小燕子跟着大燕子在天空学飞翔；
小鸭子跟着大鸭子在水塘里学游泳；
小孩子跟着妈妈在院子里一摇一摆地学走路。

第 十 幅

好大的雨点，敲在地上直冒烟。一个牵马的老汉在雨中匆匆地跑着，他浑身已被雨水浇得响透。可是，那个红马驹的背上，却披着一件又遮风又挡雨的蓑衣。

第十一幅

天闷热闷热，孩子们央着要喝羊汤。

老汉在准备杀那只羊的时候，那羊“咩咩”地惊叫着，眼里还不住地流泪。

孩子们的心里也跟着很难受，都说不想再喝羊汤。

第十二幅

玉米田绿油油的，在风的吹拂下，翻着起伏的波浪，一直涌向天边。有一个穿红衣服的大姐姐在田里劳动，她显得格外漂亮。

一个大哥哥从远处在往这边看。

第十三幅

大肥猪一定感到很热，整天吭哧吭哧地躺在烂泥里。它们浑身上下的泥水，散发着一种很难闻很难闻的臭味。

它们为什么不想到又凉快又洁净的地方去？孩子们想把这群猪赶走，但没能办到。

第十四幅

夜，好静。

一个枯槁的老人睡不着觉，他躺在一棵积满落叶的树底下抽旱烟。

小孙子纳闷地问爷爷，你为什么躺在这里呀？老爷爷只是说：“去！去！”

第十五幅

女人们穿着短袖衬衫；男人们袒露着上半身；小孩子们干脆就光着屁股。

这些人在晚上聚在了一起，坐在青石上纳凉。女人和女人、男人和男人、孩子和孩子，闲扯着一些互不相干的话题。

第十六幅

“卖香瓜啦！”

明明有大人在身旁，卖瓜人却总是瞟着孩子们大声叫卖，他的一双圆圆的眼睛，闪动着一股常人所不易察觉的智慧。

第十七幅

大太阳在天上火辣辣地照着，穿一件背心也要流汗。老太太和小媳妇们却不停地忙碌，屋前的晾衣绳上，搭着好多好多越冬才能需要的棉衣、棉被。

第十八幅

一群鸟在树上唧唧喳喳，好像议论着什么，

好像讥笑着什么。另一只鸟却蹲在一旁的电线杆上不声也不响，谁也不知道它在想些什么，准备着什么。

第十九幅

一个汉子用柳条筐从河里捞上来很多蝌蚪，他用这蝌蚪喂肥了一群鸭子。饱食后的鸭子跳到水里，和大青蛙在一条河里游来游去，谁也看不出青蛙对这群鸭子有什么成见和不满。真傻！

第二十幅

他坐在地头的树墩上，他的身上积满木屑，他被太阳晒得满脸淌汗，他咒骂着人们为什么要把树锯倒。

他可能忘了，他自己的手里还拿着一把锯。

玩具小作坊

现成的玩具是不少，哪儿都有卖的，可是玩起来又有什么意思呢？我们在玩具小作坊里，自己用身边的材料做玩具，那才是有趣呢。

秫　秸

秫秸，就是高粱去掉穗儿的部分，也叫高粱秆儿。

秫秸的身段修长，笔直，有节；表皮光滑、坚硬，破出的篾子十分柔韧，秫秸的内瓤蓬松，有如包装箱子里边的泡沫垫子。

秫秸的用处很多，这里不去细说，能做出的玩具至少也得有几十种。

一根秫秸，骑在胯下，就是骑马了；两根秫秸，由两个孩子平行擎在手中，就是车了；再加一根细小的秫秸，在手中摇晃着，那就是鞭子了。马车、马队，大道、小道，跑村串户，也是很有气氛的。

当然，秫秸做出的枪炮，更是惟妙惟肖，真实动人。一根秫秸折三折，就是一支很好的步枪；一根细长细长的秫秸，七折八折，就是一支漂亮的手枪；用几根秫秸折折绑绑，就是一门新式的大炮了。游戏的时候，这些枪啊、炮啊，就都派上了用场，那才有趣呢。

不要以为秫秸只能做那些男孩子玩的东西，女孩子也有她们的花花样。把秫秸的皮儿破下来，刮净瓤子，那叫席篾儿。一截小小的席篾儿，只那么一折二折三折，就成了一只活灵活现的小鸡崽，可动人啦。把秫秸的皮儿刮下来，用三截秫秸瓤子当三根柱，再用一些席篾儿横穿，就成了一个漂亮实用的蝈蝈笼子。不是很有意思吗？

这样做出的种种玩具，孩子们都很珍惜，都说比买的玩具好。

花 花 布

小姑娘们爱攒花花布，也就是那种五颜六色的布

片片。其实，也算不上什么出奇的玩意儿，这些年各种各样的花花布多的是，只不过攒花花布是从老辈上传下来的习惯。

从早年开始，布的色彩就非常单调，除掉灰黄蓝，恐怕也就是灰黄蓝了。可是，爱美是人的一种天性，那时候，人们偶尔看到一两样花布，也买不起。小姑娘们就这要点儿，那捡点儿，把花花布叠好，用大一点的花花布包起来，像攒起了财富，攒起了美好。她们还常常比谁的多，谁的好，也常常讨价还价地交换一些。

花花布攒得多了，小姑娘们就把花花布剪成各种形状，拼成各种图案，一针一线地缝制出各种物件。像什么布口袋啦，小垫子啦，包头巾啦……用处不少，也很好看。

这些年，花花布很多，用不着再一点一点地攒了，但孩子们还是愿意用花花布做点东西。

小　石　头

小石头随处都是，不是什么稀罕物。

小石头的形状很多，因此用处也就很多。只要认真搜集，就不难留下很多形状奇特、色彩鲜艳的小石头来。比如路边常见的马牙石，不仅洁白如玉，两块石头还能在暗处擦出火星来，很有些玩头。

如果勤快一点，把各种小石子打磨成小圆球，抓石子玩、弹圆球儿玩，都是很有趣的。

比如石头片吧，根据形状的大小、薄厚的程度，就有不同的用途。小一些的石片，可以片飞镖。就是把石头片打磨得又薄又圆，人站在河岸上，使劲儿把石片抛向水面，只要角度掌握得好，劲儿使匀，一次就能片出五六个，甚至七八个。大一些的石片，可以打瓦填坑。就是把石片打磨得中间厚外边薄，几个人玩都可以，但每个人手里必须有一个。然后在地上刨个坑，隔一丈多远再刨一个坑。玩的时候，从这个坑把石片扔到那个坑去，扔进去就算过了一关，算赢；扔不进去就不算过关，算输。

这种玩法，得特别注意安全，别砸了头。但这种玩法很锻炼臂力，不仅孩子爱玩，大人也爱玩。

废　纸　片

是废纸片，不是废纸。废纸，谁能舍得用呢？

废纸片可多可少，可大可小；多有多的做法，少有少的做法，反正也是个玩。玩，自有它的简洁处。

一张A4的纸，中间抠几个窟窿，着上色，就是一个面具了。弄不好，也会吓人一跳。

找几张废书纸，叠出一个个“宝”来，在地上扇来扇去，两个孩子也会玩得专心致志。

若是把纸片折成一个个纸鹤，用线拴着，在房梁下悠来荡去，像一个个真鹤在飞，不也是很浪漫？

还可以叠成各种各样的汽车，各种各样的小船，各种各样的飞机……真是陆海空都有了。

当然，还可以叠出很多品种，只是孩子们有点舍不得纸。有字的，怕大人有用；没字的，想自己练习写字。反正玩的方式很多，也就只好作罢了。

泥　土

孩子们就在泥土里长大，用尿浇个坑儿，就可以被想象为一眼井了。

大平原上到处是土。

把黄土搓成球儿，在窗台上晾干后，也可以一气玩上大半天。当然这是最简单的了。

男孩子爱捏泥人、泥马、泥车，捏很多很多。让泥马拉着泥车，由泥人赶着泥车，也是很气派的，不比画上的秦始皇兵马俑差多少。

女孩子爱玩捏泥碗、泥盆、泥桌子，当然也要捏很多很多。她们还在泥碗、泥盆里装上各种红红绿绿的蔬菜（都是别的东西代替的），就装扮成一家人，在一起欢欢乐乐地吃饭。

大人说，不图孩子们长大当什么雕塑家，就这么闹闹，可以锻炼他们的手和脑，是很有好处的。

动物拾零

蚯　　蚓

这可不是故弄玄虚。只要你能细心观察黑土地里的蚯蚓，你就什么都明白了。

怎么说呢？

如果说，凡是土质肥沃的地方，都有大量的蚯蚓，你可能会说言过其实。

如果说，凡是有大量蚯蚓的地方，那里的土质就一定肥沃，这话你肯定赞成。

其实，蚯蚓真是改良土壤的专家。

蚯蚓吃食很特别，它把所有的东西都一齐吞到肚子里，当然包括大量的泥土。

它把少量的有机物质消化吸收了，把大量的泥土吐出来，反复无穷，没个消闲。

这样，我们会常常看到，有蚯蚓的地方，就有很多卷曲的黏土小堆。粗糙的沙土变得细腻了，干燥的硬土变得湿润了、松软了，里面还含了许多化学物质……你说，这样的土壤能不肥沃吗？

蚯蚓真是勤劳，一天到晚不停地工作；蚯蚓的数量真多，集体力量就是大。

蜘 蛛

蜘蛛可是了不起的纺织能手。它织的网多么缜密、纹理多么清晰啊！

蜘蛛网就成了蜘蛛设下的狩猎场了。

苍蝇啊，蚊子啊，牛虻啊，金龟子啊……就都成了网中的猎物了。

这些，并不稀奇。

你可能会发出疑问，在那河流两岸的树间，在那两只相隔很远的屋角之间，蜘蛛网是怎么架设起来的呢？

这的确是个该解的谜。

经过细细的观察，我们终于发现了蜘蛛的高超本领。原来在它肚子下边，有几对“纺织器”，蜘蛛丝就是从纺织器的小孔中流出来的。

蜘蛛很聪明，它可以先依附在一个固定的点上，然后引出很多长长的丝来，任其随着风儿飘荡。说不定在什么时候，长丝的另一端就被粘在另一个固定点上了。这样，就架设成了一条空中缆绳。有了这条缆绳，蜘蛛就可以自由地穿梭，织就它的大网了。

看来，干什么事情也不容易。

蜻　蜓

告诉你一个秘密，别看蜻蜓长得不大，它可是昆虫家族的飞行冠军。

这个感觉你不是早已有过了吗？

你看，蜻蜓扇动着透明的翅膀，飞得多带劲儿。它不仅善于速飞，还会像直升机一样在空中停留。可是，当你用网捕捉它的时候，它却又像流星一样，瞬间便能消逝得无影无踪。稍过一些时候，它又飞回你的头顶盘旋，好像故意和你逗着玩哩。

据说，蜻蜓还能跨海旅行呢，可真不简单。

那么，蜻蜓的本事是从哪里来的呢？

1.蜻蜓胸背上的肌肉特别发达。

2.蜻蜓有自己独特的飞翔方式，前翅向前上方拍动，后翅向下方拍动。

3.蜻蜓的身子轻，翅膀又非常长。

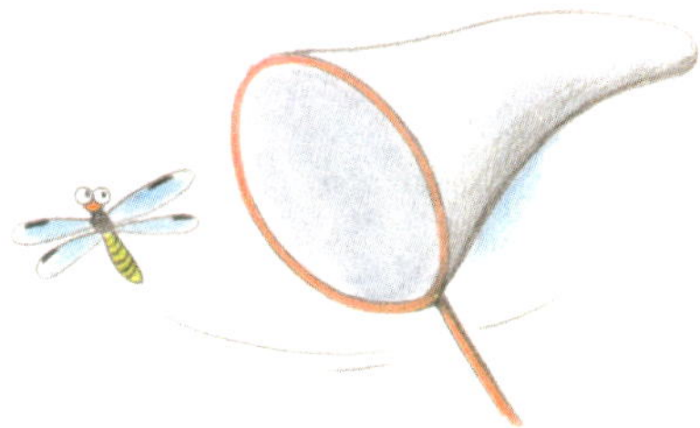

4.蜻蜓的脚上生有锋利的钩刺，飞行中也能捕捉到昆虫，补充给养。

知道你也是个想快飞的人，那么，是不是从中受到点什么启发呢？

毒　　蛇

毒蛇，确实很厉害。像百步蛇、眼镜蛇、竹叶青，一旦人被它咬住，真是要丧命的。

其实，毒蛇也不是不可战胜的，任何动物都不可能长期为王。

你不是看见过一只老鹰，把一只毒蛇叨得满地打滚儿，血肉模糊吗？

你不是看见过一群蚂蚁，把一只毒蛇团团围住，硬是把它给缠死了吗？

你不是看见过一只刺猬缩着头，以不变应万变，最后把毒蛇刺得亮起了白肚囊吗?

所以，看见什么蛇，都不要怕，只管打就是了。记住一句话："打蛇打七寸。"七寸，就是蛇的脊椎骨，是蛇的心脏所在。

蚂　　蟥

孩子们到河里洗澡，最怕的就是被蚂蟥叮住。

蚂蟥，身体扁平，有长有短，短的可能不到一厘米，长的足有十来厘米，形状有点像蚯蚓或是小蛇。

夏天，在长草的浅水区，这种蚂蟥很多。人一旦被蚂蟥叮住，伤口就会流血不止，这时，蚂蟥就会拼命地吸食，怎么拉也拉不下来。

孩子被蚂蟥叮住了，胆小的就会哇哇大哭，胆大的就会迅速跑到岸上，用鞋底子使劲地拍打蚂蟥，如果劲儿使得不够，一般也很难打下来。

最好的办法是用食盐水，往蚂蟥的身上浇，蚂蟥受到剧烈刺激，就自动下来了。

其实，蚂蟥也没有什么可怕。

小小美食家

炒苞米花

苞米花好吃，这是没什么可说的。

苞米花怎么炒好吃，这可就大有说道了。在冬天，农家孩子缺少“打零嘴”的小食品，炒苞米花可就大受欢迎啦。

炒苞米花要选那种外表发亮的老品种苞米，搓下来放在炕头炕几天，要炕得干干的，不干可不行，不干就爆不出花来，爆不出花，那叫“哑巴”花。

开炒之前，要先到河边搂一些细白沙，回家放在大铁锅里烧干。记住，一定是那种生铁锅，大号的才好。

这时候，用干瓢舀半斤左右的苞米，埋在大锅的沙子里，盖锅，继续加热。等有苞米爆出响来，就说明沙子的温度已相当高，要赶紧撤火，并用锹头频频翻动。这时锅里的苞米响声大作，连成一片，赛过声声爆竹。明明不多的苞米，已开出了满锅白花。

苞米花炒成了，赶紧用笊篱捞出来，筛净沙子，放在簸箕里降温。

为了以后食用方便，一般一次要炒上好几锅。把炒好的苞米花放在大筐里，孩子们什么时候想吃，就什么时候拿。

下　大　酱

下大酱是一门手艺。一家的大酱一个味儿，这是一点也不夸张的。

下大酱要选上等的黄豆，选好黄豆要一簸、二溜、三挑。簸，这很简单，就是用簸箕把黄豆里的碎碎糠糠的东西簸出去；溜，是个细致活，是一小把一小把地往秫秸盖帘上放黄豆，滚下去的就是好黄豆，准备留着用；挑，是选黄豆的最后一关，是对“溜”过的不放心，再用手一个一个地扒拉，把不好的挑出去。

这时候，就可以把黄豆放在大铁锅里烀了，火不能太大也不能太小，把黄豆烀得烂烂的。然后，舀出来捣碎，打成四四方方的酱块子，用劈成半儿的秫秸，在酱块子底下打个大“井”字，把酱块子吊在屋里的大梁上，这叫吊酱。据说，用秫秸吊酱，酱块子不生虫子。过些日子，酱块子就“隔”了（发酵），喷发着浓浓的香味。

到了阴历四月初八，正好赶上天气晴和（如天气不好，就改在四月十八或二十八，图个吉利），把酱块子洗净掰碎，放进大缸里，再兑上一定比例的盐和适量的水，用大白布把缸蒙上，盖上用秫秸编成的尖尖的酱斗篷。

这时，活计还远远没有完，要坚持天天打耙，早晚各100下，坚持数天，才不能使酱沉淀。还要想着在中午时分，把酱缸盖打开，让太阳把大酱晒得“咕嘟咕嘟”冒泡，那叫“发”了（也是发酵）。

这当儿，香味会传出很远，大酱才算制成。这期间要历时几个月，工序几十道，这里只作了个简单的介绍。

制韭菜花

韭菜花到底该是小菜、咸菜，还是调味品，一直也叫人搞不清楚。总之，韭菜花是很好吃的。

吃饭的时候，菜好也罢，菜孬也罢，就是没菜也罢，蘸一点韭菜花吃，也会使人胃口大开的。

制韭菜花，不难，几乎大人、孩子都会。

秋后，天渐渐凉了，菜园里的韭菜就不再生

长。这时候的韭菜早已蹿了茎，开出小白花。我们就小心翼翼地用剪刀把韭菜的花头剪下来，连一点叶和茎也不要紧，都混在一起，用清水洗得干干净净，放在秫秸帘子上把水控净。

这时候，就该把石头碾子刷净，把韭菜花平摊在碾盘上，撒上盐，一般不用劳驾毛驴，只要一两个人轻轻地推碾杆，转上二三十圈，碾盘上的韭菜花就成了菜泥。当然，这中间要翻动三到五次。

然后，把碾好的菜泥装在洗净的坛子里，韭菜花就算做成了。一坛子韭菜花，足够一家人吃上一个冬季的。

顺便说一句，这些年不少村已没了石头碾子，制韭菜花用小缸捣也行。

泡 臭 米

别觉得“臭”字不好，臭豆腐就很好吃。我们这里家家泡的臭米，也和臭豆腐有异曲同工之妙。

大平原盛产高粱、玉米，这谁都知道。高粱、玉米，不如大米、白面好吃，这也谁都知道。可是，大平原的人从老辈起就勤劳、爱动脑筋，他们善于“粗粮细作”。比如泡臭米，就是其中的一例。

泡臭米，不复杂，但是个细致活。伏天里，先要把高粱米或者玉米等粮食洗净，放入刷好的小缸里，再注入水盖严就行了。行，可不等于完了，关键是要把握换水的“火候”，水不勤换不行，换得太勤也不行。换水达不到遍数，粮食就会变质，那才叫真“臭”了；换水的遍数太多，就不容易使粮食变“臭”，效果也不好。

大概泡了一周多，臭米就成了。要赶紧捞出来，用清水多洗几遍，用石磨磨成水面，包饺子啊，做馅饼啊，都行，而且非常好吃。

如果不经过这样一番折腾，高粱米面也好，玉米面也好，都包不上馅儿，只能将就着吃。